KB271557

# 올레 소야곡

— 현상길 시집 —

# 올레 소야곡

2013년 4월 15일 초판 발행

**지은이** 현상길 ➡ **펴낸이** 안대현 ➡ **펴낸곳** 풀잎 ➡ **등록** 제2-4858호

**주소** 서울시 중구 예장동 1-51호 ➡ **전화** 02_2274_5445/6 ➡ **팩스** 02_2268_3773

**디자인** 디자인스튜디오 203 대전

※ 잘못된 책은 바꾸어 드립니다

ISBN 978-89-967588-8-4  03810

올레 소야곡

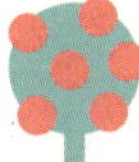

내 고향 제주도에서는 예부터 마을 큰길가에서 집 마당으로

이어지는 좁다란 길을 올레라 일컬어 왔다.


올레는 내 조붓한 마당과 세상의 널따란 길 사이에 있다.

올레는 아스라한 어제와 설레는 내일 사이에 있다.

유년과 어른을 잇는 시간의 다리 아래엔 늘 하얀 수선화를 품은

올레의 그늘이 흐른다.

유년은 어른의 그리움, 어제는 오늘의 그리움이다.

올레는 그리움의 통로이며, 영혼의 강이다.

그리움은 꿈을 낳고, 꿈은 지난한 삶의 모퉁이마다

노래로 내려앉는다.

노래는 끊임없는 강물로 흐른다. 유년에서 어른으로, 어제에서

내일로, 들녘을 지나 바다로, 지상에서 은하로, 흐르고 흘러

내 마음의 올레를 적신다.

일상의 강에서 건져 올리는 맑은 소야곡 한 소절이고 싶다.

2013년 3월<br>현상길

# | 목 차 |


머리글


## 제1부 수평선 너머

산고　　　　　　　　　　　　　　　　　12
사진관에 핀 꿈　　　　　　　　　　　　13
검을 玄　　　　　　　　　　　　　　　14
처음 본 영화　　　　　　　　　　　　　15
올레 소야곡　　　　　　　　　　　　　18
그 아이　　　　　　　　　　　　　　　19
소나기 아래　　　　　　　　　　　　　20
비야, 비야　　　　　　　　　　　　　　21
붕어와 눈깔사탕　　　　　　　　　　　22
삶은 양파　　　　　　　　　　　　　　23
독새기 껍질 깨듯　　　　　　　　　　　26
오월의 교정　　　　　　　　　　　　　27
헛싸움　　　　　　　　　　　　　　　28
오줌싸개의 아침　　　　　　　　　　　29
쇠똥 말똥　　　　　　　　　　　　　　32
수평선 너머　　　　　　　　　　　　　34
기찻길 따라　　　　　　　　　　　　　35
실어증 탈출　　　　　　　　　　　　　36
향수　　　　　　　　　　　　　　　　37

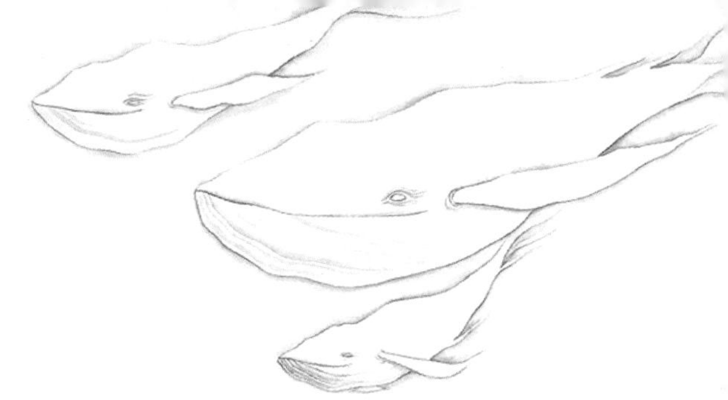


**제2부**  피맛골에 낮달 뜨면

피맛골에 낮달 뜨면                40

호접몽                          41

정물                           42

세월                           43

피뢰침에게                       46

고갯길                          47

벌초하는 날                      48

목말 타고 싶다                    50

홈런                           51

데이지 피던 날                    54

봄비 간나빌레                     55

둥시                           56

당신의 뜰에서                     57

시간 여행                       60

껌 떼는 선생님                    61

은행나무 제자                     62

구월 초승달                      63

하루 3악장                       64

즉흥환상곡                       65

# | 목 차 |

제3부    신호등 없는 나라


신호등 없는 나라에선     68

가로등     69

부처님 미소     70

강으로 갈 때면     71

겨울 황사 속에서     74

터널을 지나며     75

같은 목소리들     76

구경꾼     77

백화점에서     78

시스템 안으로     79

아바타 시대     82

지리산 반달곰     83

포장마차가 그립다     84

사선의 기억     85

루프탄자 여객기에서     86

빈탄섬은 아침을 열고     87

제주도 1     90

제주도 2     91

제주도 3     92

제주도 4     93

제주도 5     94

**제4부**  은하사에서 헤엄치다

두물머리 봄                    98

종여울 달무리                  99

미황사 종소리                  100

꽃잎 녹차                      101

은하사에서 헤엄치다            104

땅끝마을                       105

명왕성의 꿈                    106

카이퍼 띠의 노래              107

숲에서는                       108

이월의 산                      109

명자나무 타령                  110

남강의 여름                    111

소월길 연가                    114

항구 시나위                    115

나는 행인                      116

퇴계 종택에서                  117

백련사 동백                    118

겨울 산사에서                  119

38휴게소를 지나며              122

가을 장미                      123

꽃과 새                        124

# 제1부

# 수평선 너머

# 산고

일어나라
창문 두드리는 달빛 재촉에
꿈속에서 한 구절 끼적거리다
실눈 뜬 새벽이 그날처럼 진통한다

밤새 부푼 달무리도 터질 듯
초가삼간 들썩이던
산고産苦의 메아리
푸르스름한 창호지문 차대는
어멍*의 맨발에 떠밀려
댓돌에 돌부리에 걸리고 넘어지며
삼신할망 깨우러 달리던 여명은
시방도 가슴 두근대는 꿈결이다

터지는 동생의 첫 울음 기특해
여윈 탄생 이슬로 씻어주던
그 새벽달의 살가운 손길인 듯
아침햇살 한 줄기 스며들어
조각 글자들에 입 맞추고 있다

    * **어멍** (제주도말) 어머니.

# 사진관에 핀 꿈

일출봉 어귀 동남 삼거리를
상고머리 아들 손 당기며
흰 고무신 휘달린다
갓 지어 입힌 줄무늬 셔츠에
멜빵바지 넥타이 곱기도 해라
앞뒷집 향해 자랑도 모자라
어멍의 목소리 사진관을 흔든다
탁자 위 꽃병 놓고
옆구리엔 새싹 잡지 끼우고
입술 꼭 다물어라
팔짱 낀 사진사는 빙긋
땀 빼는 아주망* 손짓만 기다린다
됐수다, 찍읍서*
마침내 번쩍이며 탄생하는
젊은 어멍의 예술
도톰한 볼에 피어나던
다섯 살 꽃봄

---

*아주망 (제주도말) 아주머니.
*됐수다, 찍읍서 (제주도말) 됐어요, 찍으세요.

# 검을 玄

여름 마당에 멍석 깔리면
달빛 등받이 하고
천자문을 외웠다
하늘천 따지 검을현 누루황
태초에 하늘 만들어지고
뒤이어 땅 태어나니
하늘빛 검고
땅빛 누르다
모든 빛 검정에서 나오고
모든 삶 검정으로 돌아간다
하늘 아래
섬 위에
검을 현 씨가 있느니
할머니 말씀에
내 목소리 더욱 커져
어둠은 올레* 밖으로 줄행랑쳤다

 *올레 (제주도말) 거릿길 쪽에서 마당을 잇는 좁은 골목 비슷한 길.

# 처음 본 영화

교실 서내 개 여닫이문 떼어내고
선생님들은 칠판 자리에
운동장만한 광목 막을 쳤다
일학년들은 그 아래 뒹굴며
한라산 같이 우뚝한 이순신 장군이
왜적들 번쩍 들어 바다에 처넣는
흑백영화를 보았다
가슴이 쿵쾅거렸다
무서운 수염 장군이 우리도
일출봉 앞바다에 던져버릴 것만 같아
코흘리개들은 울음을 터뜨렸다

긴 수염은 꿈에까지 따라왔다
육지로 가버린 커다란 아버지가
나를 번쩍 들더니 공중으로 던졌다
수평선 너머 푸른 하늘은 끝이 없어
할머니가 쉬어준 영화 값 이십 환
놓칠세라 꼬옥 움켜잡고 날았다

느티나무 그늘 아래 눈깔사탕 하나면
허전한 입 안 그득하게 물들이던
섬마을 여름날의 달콤한 미뉴에트

느티나무 그늘 아래 눈깔사탕 하나면
허전한 입 안 그득하게 물들이던
섬마을 여름날의 달콤한 미뉴에트

# 올레 소야곡

올레 안엔
초가 마당 뒹구는 동생들
올레 밖엔
공차기, 총싸움에 열띤 아이들
동백나무 빼곡히 지키는 그늘에
오도카니 선 까치발을 놀려주듯
바닷바람은 돌담 사이 넘놀며
저녁놀까지 휘파람 불어댔다

아쉬움 묻은 저녁놀 금세 흐트러져
아이들 함성도 땅거미에 잦아들고
툇마루엔 쌕쌕거리는 동생들 숨소리뿐
마당가에 흐르는 연기 내음에 끌려
어스름 올레에 다시 나서면
은하수는 나지막이 내려와
내 여윈 어깨를 감싸며
푸른 별의 노래 들려주고 있었다

# 그 아이

처음 짝꿍이 되고 싶던 아이
계집애들 중 먼저 보이던 아이
고무줄넘기 할 때 제일 높이 뛰던 아이
하굣길에 만날 뛰어가던 아이
하르방*이랑 살며 밥 짓던 아이
곱게 접은 하르방 갈옷* 빌려준 아이
학예회 맨 앞자리에서 배시시 웃던 아이
고향 떠나올 때 슬며시 보고프던 아이
고향에 돌아가도 볼 수 없던 아이
아침이면 책보 대신 태왁* 메었다는 아이
꽃다운 날 중년의 재취로 울며 갔다는 아이
바닷물 위 파래처럼 파랗게 떠다녔을 아이
첫사랑 얘기해 달라는 교실에서
내 순정소설의 주인공이 되는 아이

---

* **하르방** (제주도말) 할아버지.
* **갈옷** 풋감의 떫은 물을 짜내어 염색하여 만든 제주도 고유의 옷.
* **태왁** (제주도말) 박새기라고도 하며 해녀가 바닷속에서 채취한 해산물을 담는 망사리에
　　달린 뒤웅박.

# 소나기 아래

쏟아져 내리는 폭포 아래
어서 나서지 못하겠느냐고
땡볕보다 더 따갑게
가려운 등 떠미는 외할망* 호령에
부끄러움 겨우 툇마루에 벗어놓고
빗속 마당 한가운데 알몸 담그면
볶아대듯 온몸 때리는 세찬 빗줄기가
켜켜이 눌러앉은 뒤란의 그림자
뇌성의 씻김으로 떨어내는
여름 오후 한바탕 난장이 되레 신나
초가지붕 위를 타고 햇살들이
동글동글 빛나며 마당으로 구를 때면
파래진 알몸 툇마루에 대고 누워
휘파람으로 불어 젖히던
파란 마음 하얀 마음



———

* **외할망** (제주도말) 외할머니.

# 비야, 비야

바다가 하늘로 갔나
풍채* 훑어 내리는 장대비에
댓돌 앞마당은 금세 연못이 되고
상방* 뒤뜰 앵두나무도 함빡 젖어
마루턱에 새파란 얼굴 들여놓고 있다
밭으로 가는 길 물길 된 참에
못 다한 세월 타령 매듭으로 이으며
어멍은 구멍 난 양말을 깁고
애꿎은 비 타박하다 지친 외할망은
툇마루에 새우잠 늘어져 있다
비안개 짙은 돌담 곁 수국 사이로
기다림은 하냥 어리고
꼭 누군가 걸어올 것만 같아
쪼그려 앉아 고개 까딱이며 나는
어멍의 가락 따라 콧노래 흥얼댔다
비야 비야 오지 마라 징독대에 물 골랐져*
니네 누이 시집길 때 명지장옷* 다 적신다

* **풍채** (제주도말) 초가지붕에서 끝에 설치한 받침대. 바람과 볕을 막아주고 빗물을 마당
　　　　으로 흘려보내주기도 함.
* **상방** 대청마루.
* **골랐져** (제주도말) 고였다.
* **명지장옷** 명주로 된 장옷.

# 붕어와 눈깔사탕

사나흘 짓궂던 빗줄기 그치고
엿장수 가위 소리 달캉달캉
고요하던 여름 낮 동구 밖 울리면
한 발 남짓 나뭇가지 꺾어 들고서
실 끝엔 낚싯바늘 미끼는 보리밥알
신바람 아이들 연못가로 휘달린다
땀방울 반짝 동심원에 잠기며
붕어들 입질 따라 가슴 졸이다
은비늘 파닥이며 낚싯대 휘청대면
마음 둥실 뭉게구름 날갯짓도 가볍다
앞 다투는 까치발 줄줄이
풀줄기에 꿴 붕어들이 뿌듯하여
밀짚모자와 코흘리개들 흥정은 들뜨고
느티나무 그늘 아래 눈깔사탕 하나면
허전한 입 안 그득하게 물들이던
섬마을 여름날의 달콤한 미뉴에트

# 삶은 양파

배고파 껍질 벗기면
매끄러운 하얀 살의 유혹
날로 먹다간 눈물바람 일쑤였지
외할망이 삶아 준
양파 대여섯 개
달짝지근한 맛 뱃속에 담아
콧노래 유유히 교실로 갔지만
수업하다 일그러지는
선생님의 얼굴 피해
엉덩이에 힘 줘 보아도
하염없이 볼때기는 뜨거워지고
냄새에 부끄러워 고개 돌리면
찡그린 계집애 짝꿍은
두 손으로 코를 감쌌고
담뱃불도 잊은 채
안경 벗어 든 선생님은
한참 창밖을 바라보고 있었지

언제나 강으로 갈 때면
사랑할 일도 없이
이별할 일도 없이
그렇게 혼자서 가야 하네

# 독새기 껍질 깨듯

웅변대회 학교 대표 뽑던 날
동틀 무렵
독새기* 하나 줍서*
손끝 간질이는 부끄럼 감추며
큰어멍 눈짓 따라 닭장에서 꺼내들고
어찌 먹나 고민하며 돌아오는 길
돌멩이에 부딪친 따뜻한 알은 그만
까만 흙 위 노란 범벅이 되고
껍질 조각에 남은 눈물
혀끝으로 핥다 목구멍 넘어오던 헛구역

그래도 나는 단상에서 토해냈지
이 연사 힘차게 외칩니다, 외칩니다
백두산 영봉에 태극기 꽂을 그날까지
마른 목이 자꾸 금가는 듯한
그 유월의 비틀거림 속에서도
독새기 껍질 깨듯
소리치며, 세상으로
부끄러움 밟으며, 한 발 또 한 발
나는 걸어 나가고 있었지

---

* 독새기 (제주도말) 달걀.
* 줍서 (제주도말) 주세요.

# 오월의 교정

운동장 가에 웅성웅성
동네방네 어멍들 옷고름은 한들대고
갸웃거리던 헛기침 가라앉으면
파릇한 교정에 울려 퍼지던
손발이 다 닳도록 어머니 은혜
왕모래 깔린 발표회 무대에서
얼굴 화끈거렸지만 핏대 세우며
나도 목청껏 동시를 읊어댔네

오월 햇살은 얄궂게 눈부시어
그만 목젖까지 간지러워
글씨들은 종이에서 튀어 내리고
목소리는 지붕 위로 도망가 버리고
까만 내 발가락들은
모래알 비비며 옴직대고 있었네
그래도 어멍 어깨 덩실넝실거렸네

# 헛싸움

육지서 전학 온 하얀 얼굴
감색 교복에 주눅 들었는지
검은 토종들 창가에서 웅성대다가
대장이 작은 소리로 명령했다
인마, 급장이 싸워

초여름 오후 솔동산 무덤가에서 나는
거부할 수 없는 대리전의 전사가 되었다
똘마니들이 뒤에서 등을 떠밀고
황망히 허공에 주먹을 휘두르며
열띠게 부딪치며 얽혀 뒹구는데
둘 다 코피가 흘렀다
새끼, 별거 아냐
콧방귀에 침 뱉으며 패거리는 가버렸다

성당 앞 맑은 못물에 씻어내며
흑백의 두 얼굴은
마주보고 그냥 웃었다
하늘엔 뭉게구름도
바닷바람에 실려 둥실 떠갔다

# 오줌싸개의 아침

간밤 아무도 모르게
올레 밖으로 뛰쳐나와
어멍의 꾸짖음도
동생들 칭얼거림도
성산포 바다에 팽개쳐 버리고
앞동네 뒷동네로 운동장 지나
일출봉 너머 소섬*까지 펄펄 날며
부푸는 소원 풍선처럼 터질까
유도화 몽실몽실 피는 돌담길
바람 없는 모퉁이 시원하게
조심스러운 오줌발이었는데
아침 햇살에 어지러이 흔들리며
빨랫줄에 걸린 하얀 요 아래 서면
마당가 보랏빛 수국은 왜
내 얼굴 외면한 채
먼 하늘만 바라보던 것일까

---

*소섬 우도(牛島).

해 돋는 마을 아침 마당에
영주산 흰 이마 훤히 비칠 때
깨꽃 사이 나비들 팔랑거림 따라
내 작은 날개는 시나브로
은빛 수평선을 넘고 있었다

# 쇠똥 말똥

여름 길 따가운 길
돌길 따라 흙길 따라 비탈진 언덕에
둥글 넓적 햇볕에 담금질하는
고소한 쇠똥 말똥

이슬로 씻고 소낙비 들이키며
가뭄에 장마에도 잘만 크는 풀
질기다 거칠다 볼멘소리 없이
새기고 되새기며 마소들이 빚어낸
다디단 검은 땅의 묘약

햇빛 손길에 바람 노래에
가벼워진 둥근 세월 바구니에 담아
마당가 돌담 옆 차곡차곡 쌓아두고
풀 내음 구수히 온 가을 익히노라면
성긴 텃밭도 모꼬지처럼 넉넉해지던
나지막한 초가삼간

한겨울 된바람에 앞바당* 거칠어도
검불 태워 굴묵* 사르며
두어 소쿠리 불꽃 향해 던지면
연탄 기름 없어도 활활 타오르던
땅의 윤회
섬의 생명

---

*앞바당 (제주도말) 앞바다.
*굴묵 (제주도말) 온돌을 위해 불을 때는 아궁이.

# 수평선 너머

물질 나간 어멍 기다리며
어둔 방파제에 쪼그려 앉으면
소섬 머리에서 은은히 들려오던
하얀 등대의 노래
안개비 자욱한 날엔
그 소리 더욱 커져
엷은 가슴 두근대고 있노라면
어깨 위론 푸른 깃이 돋았다
육지 어딘가 팔 벌리고 있을
근사한 중절모를 생각하며
밤 바닷가 갈 적마다
나는 자꾸 가벼워졌다
해 돋는 마을 아침 마당에
영주산 흰 이마 훤히 비칠 때
깨꽃 사이 나비들 팔랑거림 따라
내 작은 날개는 시나브로
은빛 수평선을 넘고 있었다

# 기찻길 따라

창틈 칼바람 살 에는 세밑
차창 너머 겨울들녘은
온통 하얀 도화지였다
아버지 찾아가란 어멍의 말에
낯선 사내 좇아 섬 떠난 지 사나흘
열두 살 첫 기찻길은 아득한 너울이었다
외로운 간이역 뒤
눈 덮인 초가지붕 어스름 속
아이는 아련히 손을 흔들었다
앉은 여인이 내미는 감귤이 부끄러워
곱은 손 왜 그리 떨리는지
창밖 세상이 새까맣게 덮여갈수록
올레 깊은 앞마당 생각에 가슴 시렸다
덜컹대며 서서 가야 할 길은
섬을 떠나온 길보다 얼마나 먼 것일까
갈수록 두려워지는 삶의 물음표들은
얼어붙는 기찻길 따라
고향 바다의 물결처럼 나의 뒤를
하염없이 좇아오고 있었다

# 실어증 탈출

섬과 헤어지자 혀가 얼었다
부산, 서울 거쳐 인천까지
귓바퀴엔 벌레 소리만 맴돌 뿐
만화방 아버지를 만나서도
내 입술은 요지부동
정월이 성큼 지나도록
생선가시 걸린 듯 나의 언어는
목구멍을 긁어대기만 하고
섬놈, 멍청아
도시 것들은 내 발 앞에 퉤퉤거렸다

섬마을에 유채꽃 필 이월 어느 날
동네 건달이 또 낄낄댔다
이 짜식, 벙어리야
주정뱅이가 내 뒷덜미 치는 순간
불현듯 허파에서 뜨거운 게 솟구쳤다
어수다게!*
섬의 부정어로 커다랗게 소리쳤는데
마침내 나의 혀가 뽑아낸 첫 단어는
도시의 부정어였다
아니요!



—

*어수다게 (제주도말) '아닙니다'를 세게 표현하는 말.

# 향수

계집애의 검지가 하늘을 향했다
소섬 너머 가면 기차를 만난대
사촌이 개헤엄치며 소리쳤다
배 타고 가면 큰 강에 닿는대
선생은 칠판에 큰 글씨를 썼다
말은 남고 사람은 가야 한다

유년 끝자락에 뭍으로 올랐지만
만나고픈 기차는 파랑새처럼
먼 숲 속만 돌아다니고
품고픈 큰 강은 시간처럼
내 곁에 머물러 주지 않았다
언제나 그 자리에 반짝이고 있을
푸른 수평선이 그리웠다
파도 힘차게 가르며 돌아오고 있을
노을빛 고깃배에 손짓하고 싶었다

# 피맛골에 낯달 뜨면

# 피맛골에 낮달 뜨면
—주점 '열차집' 추억

피맛골 어귀로 낮달 기울면
서둘러 열차를 탔다
도시는 오후에 허덕이기 한창인데
삼등칸 이미 술시인 듯 출렁거리고
옆자리 초면의 사내들 허풍도 정겨이
객실은 빼곡한 정담으로 들떠 있다
잠시 멈춘 쳇바퀴에서 뛰쳐나와
승객들은 느슨해진 너털웃음으로
낮달 조각 떼내어 풀무질하며
저마다 해묵은 불씨 살려내랴
들썩들썩 법석구니 놓는다
푸른 바다 끓는 뚝배기엔
젊은 날 파도 진하게 우러나고
녹두전 한 판 큼지막이 지져내면
박주라서 어떠랴 단사표음 별건가
세파 헤친 얼굴마다 노을이 붉다
머뭇대는 종점에도 어둠이 깊어져
이마마다 달덩이 하나씩 달고
아쉬움 내뿜는 승객들 발길 뒤
다시 떠오를 낮달 기다리며
열차는 기적 없이 애틋이 잠겨갔다

# 호접몽

가벼울까

허공 가르는 날갯짓이라

정말 가벼울까

내려앉지 않으면

나 어찌 나비일까

꿈에서 깨어나도 가벼울까

마당 걸어가는 발걸음이라고

꿈보다 무겁진 않겠지

무릎 꿇지 않으면

나 어찌 장주莊周일까

무릎 위에 꿈을 얹고서도

여전히 가벼운 듯

무거운 오늘을 날지 않으면

나 어찌 나비일까

호접몽胡蝶夢을 꿀까

# 정물

바랜 것이나
반짝이는 것이나
사진 속엔 언제나
바위 같은 얼굴
내 얼굴이 낯설다
사진을 바라보는
얼굴 뒤에도
낯선 내가 있다
굳어지기 전 내 얼굴
어디서 만날 수 있을까
사진 속에도
사진 밖에도
바라만 보고 있는
나는 정물

# 세월

구부러지는 무릎에게
화내며 세우려 말고
그저 꿇을 일이다
나이 들면
흘러내리는 눈꺼풀
억지로 치켜 올리지 말고
무심히 내려다볼 일이다
허리가 꺾이거든
잊었던 땅의 냄새를 맡고
눈꺼풀 넓어지거든
항간의 욕심 덮을 일이다
세월의 무게에 순응하면
오히려 가벼워지는
마음 중력에 맡길 일이다

구부러지는 무릎에게
화내며 세우려 말고
그저 꿇을 일이다
나이 들면
흘러내리는 눈꺼풀
억지로 치켜 올리지 말고
무심히 내려다볼 일이다

# 피뢰침에게

너와 함께
폭풍우 몰아치는
벌판을 걷고 싶다
너 높이 무동 태워
하늘의 세찬 꾸지람에
소신공양 허락된다면
부끄러운 이승의 몸
까맣게 그을리고 벗겨진 후
어둔 땅 뚫고 빛 향할
어린 풀잎에게
작은 벌레에게
한 몸 뜯기며 스러지고 싶다
갠 봄날
한 그루 거친 교목으로
빈들에 서서

# 고갯길

고가도로 갓길 황색선 따라
좁다란 오르막길
구닥다리 자전거 하나
도시의 아침 힘겹게 오르는데
꺾인 그림자 흔들리는 경사로엔
간간이 해묵은 기침이 떠돌고
층층이 구겨진 무 배추 당근
행여 떨어질라 보듬는
노인의 거친 손등 낯설지 않아
요란히 스치는 경적에도 무심히
젖은 이마 손등으로 닦아내며
삶의 고갯마루
묵묵히 넘어가는 이의 뒷모습
고희 훌쩍 넘긴 아버지를
어쩌면 그리도 닮아 있는지

# 벌초하는 날

오늘은 붉은 갈옷 입엉*
푸른 하늘 아래 무릎 꿇엄수다*
검은 땅 위에 머리 조아렴수다*

날선 억새들 소매 끝에 누이시며
이 너른 들녘 품어 오신 당신은
행여나 제 무딘 낫질 부끄러울까
낯 가득 굵은 땀방울로 감추어 주셤수다

샛바람 뒷바람 옹근 손길로 감싸며
저 거센 바당* 다독여 오신 당신은
찔리고 긁히는 손마디 오죽 아플까
한 줄기 소낙비로 쓰다듬어 주셤수다

오늘만큼은
질경이 뿌리 같은 모진 세월 덮느라
엎어진 오름도 반듯이 일으켜 세웡
높은 파도 큰 두레박 하영* 퍼내어
당신 발치에 재배하고 대잔으로 올렴수다

음덕으로 피운 후손 요망지게* 여기사
다져진 봉분 뼛속 깊디깊이
못 다한 미움도 벗어 버립서*
못 다한 사랑도 풀어 버립서
당신 머리맡에 엎드려 조아렴수다

영주산도 얼큰ㅎ 게 휘청거립서
일출봉도 거나ㅎ 게 놀아나봅서
돌담 깨우는 후손의 낫질 박자로 삼앙
우리네 이어도까지 흘러가 닿을
사무친 할망 타령 어멍 가락 섞어내어
혼 잔 올렴수다, 또 혼 잔 드렴수다

＊입엉 입어. '–엉(앙)'은 연결어미 '–아(어)'에 해당힘.
＊꿇엄수다, 조아렴수다 꿇습니다, 조아립니다. '–ㅁ수다'는 종결어미 '–ㅂ니다 (–습니다)'
　　　　　　　　　　　에 해당하는 제주도말.
＊바당 (제주도말) 바다.
＊하영 (제주도말) 많이.
＊요망지게 (제주도말) 똑똑하고 야무지게.
＊버립서 버리십시오. '–ㅂ서'는 '–십시오'에 해당함.

# 목말 타고 싶다

낼모레면 한가위
김포공항 국내선 로비는
늦저녁 내내 발갛게 들떠 있다

어느덧 자동문이 열리고
쏟아져 나오는 인파를 향해
달려가다 넘어지는 꼬마
아빠……
구릿빛 민소매가 쪼그려 앉으며
사뿐하게 무동 태울 때
흐뭇함에 덩달아 내 발꿈치 들린다
멀리 사람들 틈바구니
눈에 익은 흰 머리카락 흔들리지만
아버지……
나는 녀석처럼 달려가지 못한다

아들 몫까지 낫질하랴 휘어진 허리께엔
억새 오름 풀 내음 그윽하게 배었는데
벌초 뒤 잔술이나마 넉넉하셨을까
아방의 옛 어깨 위로 훌쩍
중년의 아들은 목말을 타고 싶다

# 홈런

마른 땅 위
발꿈치 굳게 딛고 선
단단한 허리가
활처럼 휘어지는 순간
매혹의 곡선을 휘감는
부드러운 몸결 따라
매끄럽게 다듬어진
나뭇결의 의지가
백팔번뇌 둥근 꿈에 맞닿으면
찰나의 욕망
가벼이 밀어 올리며
마침내
황홀한 포물선으로 솟구치는
저 무심한 절정

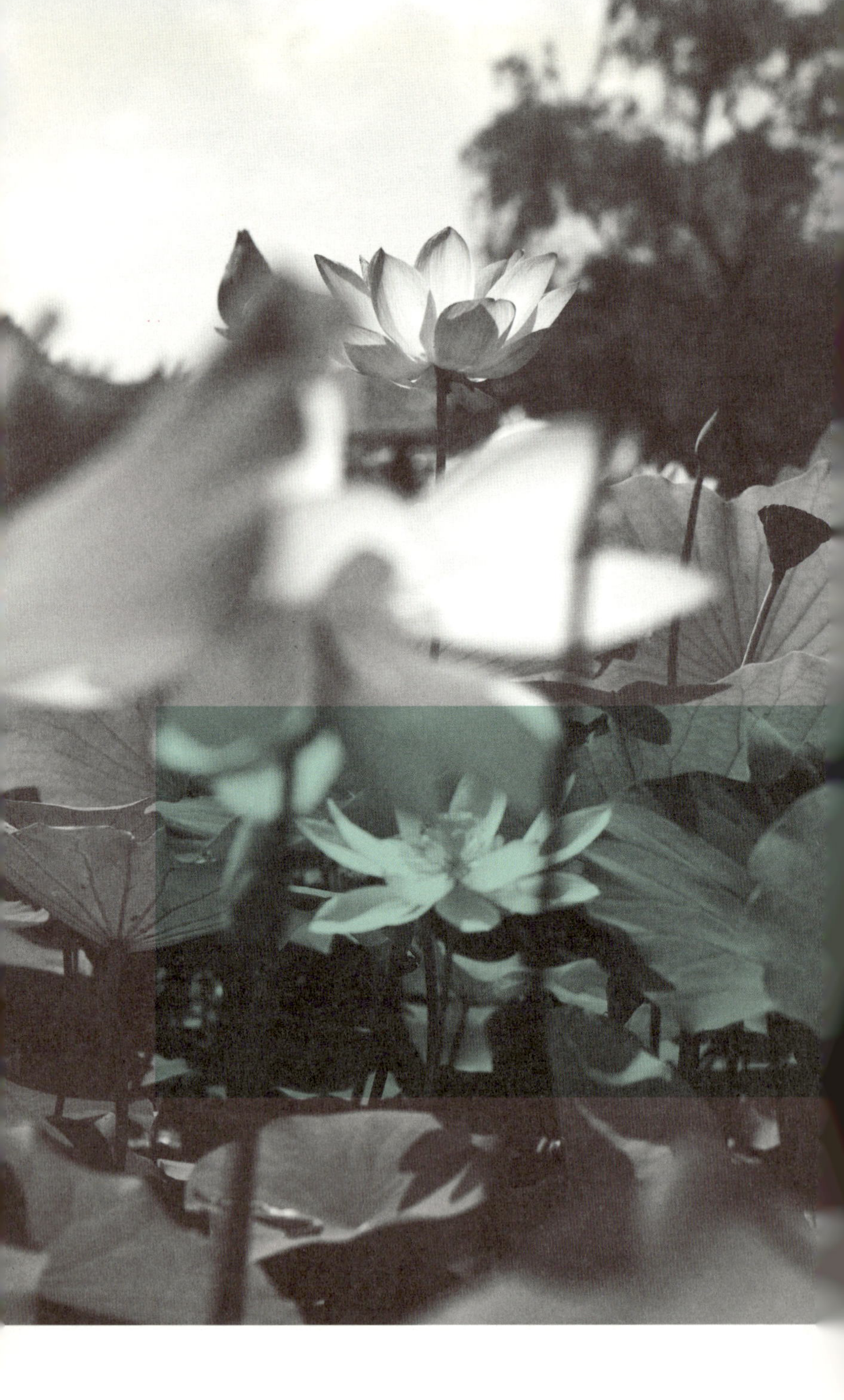

희망은
그렇게나 수려한 모습으로
피어날 줄이야
꽃처럼 아이도
하루 다르게 커오를 줄이야

희망은
그렇게나 수려한 모습으로
피어날 줄이야
꽃처럼 아이도
하루 다르게 커오를 줄이야

# 데이지 피던 날

때 묻은 공책
어두운 갈피에 잠자던
이름 모를 씨앗 몇 알
화분에 심은 식목일부터
날마다 숙제하듯 물주기 하던
여름 어느 아침
데이지야, 아빠
식물도감에서 걸어 나온
황금빛 전설 곁에 쪼그려
아이는 마술사처럼 웃고 있었다
쪽박화분 귀퉁이에서
물 한 모금 햇살 한 올
아침마다 눈 부비는
여린 기다림도 먹으며
희망은
그렇게나 수려한 모습으로
피어날 줄이야
꽃처럼 아이도
하루 다르게 커오를 줄이야

# 봄비 칸타빌레

지난 봄
막내가 누르던 피아노 건반에
방울지던 첫 소리는
도 미 솔 미
울 밖 개나리들만 기울였는데
올 봄엔
너울지는 선율로 흐르며
마른 뜰 적시는
'소녀의 기도'가 되어
꽃 소식 비껴가던
아파트 마을 창가마다
설레는 향기 들려주고 있다
제 살 틔워 홀로 피는 풀꽃처럼
굳은살만치 단단해진 가락이
여린 꿈 노래하고 있다
음표의 씨앗들이
봄비로 날고 있다

# 둥지

북한산 밑동
물길 끊긴 약수터도 고즈넉한
영하의 늦가을
금빛 축제도 없이
수풀 속 잎새들은
초록인 채 얼어붙어 있다

생애 첫 우리만의 둥지 찾아
트럭 타고 산 밑 아파트 오르던 날
깔깔대는 아이들 웃음소리에 흩날리던
아카시아 꽃비 엊그젠데
아홉 해 켜켜이 미운 정 고운 정
문지방에 창틀에 빼곡히 쌓여 있다

때 이른 추위로 신열 앓으며
떠나야 하는 아쉬움에
주인 따라 잠 못 이루었는지
낡은 보일러도 새벽까지 딸꾹대고 있다

# 당신의 뜰에서

이슬 단청으로 수놓은 아침
눈 부비는 새벽에 달아 놓은
초례 약속 연록 잎새에 설렐 때
당신의 눈망울 소망처럼 빛납니다

넓은 그늘 들녘 같은 오후
땀 흘리며 내려놓은 짐 위에 기대앉아
구름 바람 부르는 나뭇가지들 풍성히
당신의 위안에 젖으면 오늘이 평화입니다

모닥불 사르는 깊은 저녁
무릎 따뜻이 포개 얹은 손등엔
세월 파인 골 따라 불 그림자 애잔해도
유행가처럼 우리 삶은 새록새록 행복입니다

구름 찻잔에 다소곳이
남녘 부푼 들 맛
정토 내린 노을 맛
입 안 가득 번지는
임의 향기여

# 시간 여행

기억 빗장 당기면
새내기 선생 걸어간다

개나리 화단 지나면 복도가 반짝
교실엔 종일 은물결 찰랑 치어들 총총
푸른 셔츠의 풍금소리에 건반 위 별들이 춤추고
눈이 큰 계집앤 공주님이 되고 싶어
운동장가에 옹기종기 코흘리개 도란도란
토요일은 책상 무대 위 어른이 되던 날

추억의 늪은
홀로 나올 수 없어
언제나 곁에 서 있는
시간 도둑의 손을 잡으면
닫히는 문고리 붉은 녹들은
옛 사월 꽃잎처럼
하염없이 떨어져 내리고 있다
그날은
오늘이 돌아간 시간 여행이었을까

# 껌 떼는 선생님

대나무 막대 끝에 묶은
무디지만 단단한 쇠붙이를
차가운 복도 바닥에 부딪치며
시커먼 얼룩들 떼어내신다

철부지 입안에서 단물로 놀다가
감탄고토 세상사처럼
아무렇지도 않게
아무 곳에나
팽개쳐지고 짓밟혀 굳어버린
숯검정 마음을 긁어내신다

담 너머론 찬비에 바람 세차도
교실의 재잘거림 노래로 삼아
손잡이 꼭 쥐고 불끈 솟는 힘줄로
딱지 앉은 세상의 상처들
날마다 말없이 긁어내신다

# 은행나무 제자

열두 해 만에 찾은
고등학교 현관 앞뜰
이월의 하늘로 가지들 뻗친
은행나무와 재회했다

쓰레기 더미 습지 메워 세운 학교
뿌리들 죄 죽어가던 교정 귀퉁이에
소망만큼 파내고 황토로 꾹꾹 채워
어린 아들 귀밝이술 먹이듯
선생들은 막걸리 한 사발씩 뿌리며
제발 죽지 말아다오
쓰다듬고 빌며 힘껏 다졌던
옛 봄이 엊그제 같은데

반갑다, 고맙다
희망을 먹은 너 갸륵하게 살았구나
낮은 동네서 높이높이 자랐구나
의기가 별까지 닿을 듯 서 있는
탄탄한 제자 녀석의 허리를
한참이나 부여안고 있었다

# 구월 초승달

한가윗날 그날은 빌어도 숨어들어
번잡한 맘 무심히 스쳐온 지 여러 날
속삭임 누구신가 창 너머로 날 부르네

애태운 기다림 얼마일래 저리도 가냘프게
고개 숙인 연노랑 저고리 눈 감은 처녀 자태
부드러운 산허리에 손등으로 앉았구나

너나없이 바라보는 그 밤 차마 부끄러워
까맣게 잊어가는 이 밤에사 웃으시네
옛 사연 보랏빛 하늘에 새도록 펼치고자

# 하루 3악장

새벽 강가로 간다
언덕서 기대하던 여울 속에
파닥이는 은어들 보이지 않아도
아침 햇살 물결에
눈 부비는 빈 들녘을 안으려

한낮 산등성을 오른다
아래서 우러러보던 마루턱에
나만의 깃발 꽂지 못해도
바위틈의 굽은 솔 곁에서
휘파람 불며 땀방울 닦으려

까치놀 내린 모래톱에 눕는다
온종일 창가서 그리던 수평선에
은하수 덮는 구름 가득해도
등대 품에 나래 접는 물새 함께
푸른 섬으로 날아갈 꿈을 꾸려

# 즉흥환상곡

안개 속 걸어가듯
꿈꾸는 오선 어루만지는 순간
타성의 밑바닥 두드려 깨우는
그 남자의 열 손가락
불꽃 물결로 솟는 애무는
건반 위 폭포로 떨어지고
휘날리는 머리카락 타고 흐르며
나 죽은 후 버리라는 유언도
환상임을 노래하는
부드러운 단조의 강렬한 유혹

고요한 강의 미소 위에 이르러야
비로소 떠나는 꽃잎으로 내려앉는다
돌아갈 수 없는 슬픔의 깊이에서
거부할 수 없는 즉흥으로 이어지는
세찬 파도 속으로 다시
고스란히 빨려 들어가는
나의 혼

---

***즉흥환상곡** 폴란드의 작곡가 쇼팽의 피아노곡. C#단조, 작품번호 66. 이 곡은 1834년에 작곡되었으나 그가 죽은 후 1855년에야 출판됨.

# 제3부

# 신호등 없는 나라

# 신호등 없는 나라에선

차들은
스스로 판단하여 스스로 멈추겠지요
무리하게 달려가지도 않고
무턱대고 물러서지도 않고
언제나 좌우를 같은 눈빛으로 살피며
따라오는 남들과 앞서가는 남들을 생각하겠지요
파랑 신호 빨강 신호 눈치 볼 일도 없이
어기는 자 지키는 자 편 가르지도 않고
막히면 기다리고 뚫리면 가다 보면
앞서 가는 사람의 붉은 등과 친절한 깜빡이는
서로의 살가운 등대가 되겠지요
우리네 삶 강물 흐르듯 하다가도
어디선가 누구 때문엔가 헝클어지기라도 하면
누가 먼저 갈까 누가 나중 갈까
어지러운 실타래 어떻게 풀어낼까 함께 손잡겠지요
정지도 출발도 내가 선택하는 동네
가라 마라 색깔의 명령 없는 나라에서는
색깔 없는 바람처럼 형형색색 구름처럼
누구나 자유롭게 달릴 수 있겠지요

# 가로등

언제 왔는지
아무도 모르는 사이
낮은 자 높은 자 가림 없이
긴 허리 변함같이 숙이며
하루의 굽은 어깨를 감싸주는
그의 따스한 눈빛

좁은 길목마다
가는 몸 담벼락에 기대어
새벽이 다하여도 깜박이는 숨결로
비에 젖거나 바람에 흔들려도
세상 구석구석 밝혀주는
그의 한결같은 겸허

땅거미보다 먼저
어둑새벽보다 늦게
높아질수록 더 넓은 아래로
물결에 실리면 지상의 은하 되어
여울 타고 어둔 숲까지 마다않는
그의 넓고 깊은 배려

# 부처님 미소

철거 앞둔 도시의
낡고 낮은 지붕 아래
조그만 과자 가게서
젊은 리포터가 묻는다
이제 무엇을 하시겠는가
푸른 시절부터
나무처럼 한자리에서
샘을 퍼 올리며
한평생
연꽃 닮은 아이들에게
전통과자 나누어 주었으니
극락이 따로 없었다며
목화송이 같이 웃는 노인
백제 마애불을 닮아 있다

# 강으로 갈 때면

아침 강으로 갈 때는
혼자서 가야 하네
물줄기 굽이마다
아침햇살 어루만져 눈부시면
부드러운 허리 속살 드러나
와락 껴안고 싶어질 테니

저녁 강으로 갈 때도
무심히 혼자서 가야 하네
물줄기 어깨마다
노을 스쳐 흔들리면
세월 깊은 노랫소리 아리어
울컥 눈물짓고 싶어질 테니

언제나 강으로 갈 때면
사랑할 일도 없이
이별할 일도 없이
그렇게 혼자서 가야 하네

일 상 의  껍 질 을  깨 뜨 리 는
저  무 심 한  영 혼 의  위 무 에
덧 없 는  낭 만 은
시 나 브 로  해 체 되 어  간 다

# 겨울 황사 속에서

황홀하다
자하문터널 막 빠져나와
황색 도심을 향한 내리막길에
직진 신호 무시하고 비상등 켠 채
천적 만난 듯 움직이지 못한다
대오를 벗어난 순간
지상의 빗장이 열리며 비로소
가장 완전한 원형으로 허락되는
하얀 태양에 못박혀
경적들 욕지기에도 까딱 않는
사소한 저항은 왜 이리 달콤한가
첫눈 기다리다 낡아가던 겨울 아침
일상의 껍질을 깨뜨리는
저 무심한 영혼의 위무에
덧없는 낭만은
시나브로 해체되어 간다

# 터널을 지나며

붐비는 퇴근길
조금이라도 빠르겠지
굽이굽이 오르막 옛길 버리고
기대하며 접어든 터널 안
앞뒤로 조여드는 틈바구니에 숨 막혀
속도 계기판 바닥으로 추락하고
어깨 움츠려 송충이처럼 기어가도
속도 제한 붉은 경고 여전히
소심한 서민을 째려보는데
7080 발라드 한 모금에 젖으며
철 지난 뉴스 몇 조각 상상으로
터널 안 화재 속보 주인공이 맛보았을
검은 연기의 공포 슬몃슬몃 덮어 보아도
돌아갈 수 없는 이정표가 아쉬워지는
어쩐지 허무한 문명의 지름길

# 같은 목소리들

안녕하십니까, 고객님
전화기 속 정련된 목소리에게
너는 누구냐 묻지 못한다
나의 전화번호 어떻게 알았는지
따지지 못한다
좋은 땅이 있습니다
반복되는 목소리에
수화기만 거칠게 떨어뜨린다
너나 가져라
항의는 속으로 기어든다
밤 뉴스에도 들리는 판박이 목소리
고객 정보 수백만 건이 유출됐습니다
바로 너였군
재빨리 전화기를 든다
그러나 너의 번호를 알 길 없다
나를 아는 같은 목소리들을
나만 모른다

# 구경꾼

어쩌다 중학교 현관 안으로 날아와
천정 밑 막힌 유리창 턱에 걸려 버린
비둘기 한 마리
점심시간 내내 나가기는커녕
위로만 앞으로만 퍼덕거리며
유리창에 부리가 부딪치고
천정에 머리를 박아대고
깃털들이 폴폴 떨어져 내렸다
남학생들은 신발짝을 던지고
여학생들은 꺅꺅 소리를 지르고
어떤 아이는 눈 감고 기도를 했다
쉬는 시간마다 떼로 몰려왔지만
청소하는 아저씨가 사다리 타고 오를 때까지
아이들은 고개 들고 웅성거리기만 했다
맥없는 눈 껌벅이며 몇 걸음 뒤뚱거리다가
힘겹게 날아가는 비둘기를 보며
구경꾼들노 눈 껌벅이며 투덜거렸다
바보같이 왜 아래로 못 나는 거야

# 백화점에서

이리저리 돌고 돌다가
북적대는 시장길 세상살이처럼
겹겹이 포개져 누운 옷들을
시금치 고르듯 헤집는 아낙네들
모퉁이마다 야단법석인데
두어 발짝 건너 널따란 매장 코팅 마루엔
천장의 불빛들 내려와 시시덕거리고
마네킹 고고한 자태로 빛나는
의상들은 홀로라서 더욱 화려하다
오늘 지상의 끝이라
온 매장의 옷을 다 사더라도
내일 또 울릴 바겐세일의 피리소리는
저들을 다시 이 자리로 불러 모으겠지
채우고 채워도 멈출 길 없는
폭식의 진열대 위에
멋들어진 서명 휘갈기게 하면 그뿐
백화점은 날마다 배가 고프다

# 시스템 안으로

디스크 조각모음 작동
최적화된 데이터를 위하여
1%…10%…
사용 가능한 푸른 공간이 반짝
나도 시스템 안으로
자맥질해 들어가고 싶다
흩어진 퍼즐 같은 자화상은
홀로 맞출 길 없어
틀어져 버린 시간의 좌표 골라내어
저 붉은 영역으로 보낼 수 있다면
어긋난 삶의 틈 채워주는
고요하고 단단한 명령에
시스템 밖에서도 무릎 꿇고 싶다
피돌기 정지될 순간까지
여유로운 공간 속을 거닐게 될
나의 푸른 현재를 위하여

시스템 밖에서도 무릎 꿇고 싶다
피돌기 정지될 순간까지
여유로운 공간 속을 거닐게 될
나의 푸른 현재를 위하여

# 아바타 시대

전기가 꺼진다
죽었어
모니터 어두운 창에 곁눈질하며
현실로 억지 생환하는
사람들 얼굴에 짜증이 가득하다
열없이 허공에 빈 눈초리 꽂다가
무심했던 책 뒤적이고 펜 잡아도
충혈된 눈동자 괜스레 어색하여
어제의 기억들 주섬주섬 꺼내다간
동료의 흰머리에 퍼뜩 놀라며
한 장 남은 달력을 원망한다
전원이 깜박거린다
살았네
순식간에 블랙홀로 빨려드는
아바타들의 환호성 뒤엔
마주하던 사람의 잔상만이
빈 찻집의 애잔한 그림자로 남는다

# 지리산 반달곰

너는
어인 운명으로
인간의 손에 길러져
지리산으로 갔느냐
산이 무서워 돌아왔느냐
야성을 되찾는 게 두려워
겨울잠도 콘크리트 상자 안에서야
포근해지는 너는
반쪽 사람이구나
너 진짜 지리산 곰이 되어 다오
죽더라도 이 땅의 주인이 되어 다오
가슴의 반달 이름표 따월랑 찢어내어
하늘 멀리 던져 버려 다오
그 반달 밤마다 높이곰 돋아
어둔 골짜기 고이 비출 때
내 눈빛 그리 맞추며 외치어라
이미 애비의 한으로 울부짖어라
한동안은 피울음이리라

# 포장마차가 그립다

그 겨울엔
마른 가슴 베는 찬바람에도
목쉰 주먹 위 우리들 노래는 뜨겁고
사과탄 냄새로 안주 삼던 포장마차에선
강소주 한 잔에도 겨레를 품었드랬지
이 비릿한 겨울엔
치렁치렁 동물 껍질을 둘러도
너는 너 나는 나
구부정한 어깻죽지 시립기만 하고
미끈한 맛집들이 서울의 복부를 채워도
화려한 지구촌 진열장 밖
모국어는 여전히 서성거리고만 있어
차마 깨지기를 두려워하며
비만으로 치닫는 견고한 일상은
끊임없이 안락의 타성을 간질이는데
쓰러지던 오솔길 끝머리를 돌면
목판화처럼 따스하게 추웠던
골목 어귀 포장마차가 보고 싶다
막걸리 잔에도 열정을 드리우며
시대의 사랑 건져 올리던
그 겨울이 못내 그립다

# 사선의 기억

깎아지른 황토벽 아래
대학생 훈련병들 대오에 맞춰
고만고만한 표적들도
한여름 허공에 숨죽인 채 떠 있었다
준비된 사수부터 사격 개시
명령에 이어 터지는 연발 총성에 놀라며
나는 쫓기듯 엠원 방아쇠를 당겼다
개머리판 반동이 느슨한 어깨 밀치며
쇠뭉치가 오른 눈 아래를 쳤다
뜨거운 액체 뺨 타고 끈적이는데
동료들 총소리 비웃음인 듯 쏟아지는
야전침대 위에서 내 몸은
70년대 뙤약볕에 타버릴 것만 같았다
마취는 없다
장교의 지시 떨어지자
위생병의 가차 없는 바늘 끝이
실 속을 파고들었다
총소리의 메아리에 실려
매미소리들은 아득히 멀어져 갔다

# 루프탄자 여객기에서

코리언들이 곁눈으로

힐끗대건 말건

독일인 여승무원

좁다란 기내에서 무심히 바쁘다

바지 차림에

화장기도 거의 없이

주름 많은 손으로

빗어 넘기는 머리카락은

그저 그렇게 이마에 흩날리고

자리 안내, 짐 정리에 쉴 새 없는

그녀의 땀방울을 사르며

여객기는

창공으로 사뿐히도 떠오른다

큰 눈으로 인사하며

두툼한 손길이 건네주는

루프탄자의 냉수 한 잔

어찌나 시원한지

# 빈탄섬은 아침을 열고

인도양 새벽빛이

작은 모래톱 사이 스며들고

여정의 꿈은 머얼리 하늘가에

붉은 이슬로 맺혀 있네

남국의 섬은 어디에서나

나그네 발길을 설레게 하고

큰 키 나무들은 또 어디서나

길 따라 물 따라 손사래하며

팔 넉넉히 벌려 꽃을 안아

붉은 지붕들을 보듬네

맹그로브 숲이 그윽한 저음으로

물빛 그리움을 노래하는

바닷가의 아침이 열리면

연인들의 푸른 이야기가

끝없이 담기고 번져가는

빈탄, 연가를 부르는 이름이여

어느 훗닐 기억을 펼치면

가슴 한가득 적셔올

애틋한 삶의 메아리여

길 너머 섬 너머 떠나가도

언제나 기다리고 있으리

그대, 빈탄의 아침 바다를

이어도 가랴 이어도 가랴
백록담에서 일출봉 거너
수평선 너머까지
달마다 철마다
무지개 아롱아롱
매달아 놓는 당신

# 제주도 1

섬 앞에
바다 있네

안아 주며 천 년
서로 사랑 만 년

섬 뒤에
바다 있네

업어 주며 천 년
서로 사랑 만 년

섬 아래
바다 누웠네

# 제주도 2

바람이 근심하면
물결은 일어선다


꽃놀이에 취해
뱃놀이에 취해
비틀거리는 뭍을 향해
섬 노래 나지막이 일렁이면
검푸른 바다 가슴 터지어 솟구친다


때론 큰물로
때론 큰바람으로
엇나가는 강줄기를 잡아당기는


섬의 소리
바다의 힘

# 제주도 3

돌도 검정
흙도 검정이지만
달마다 철마다
변화무쌍 화려한 당신의 유희
정이월 지나 노랑 유채꽃 갈아입고
삼사월에 분홍 벚꽃 땀땀이 수를 놓고
오뉴월에 초록 보리 손잡아 춤추며
구시월엔 붉은 고구마 줄기 휘감아 돌다
쪽빛 겨울바다에 지친 몸 정갈히 씻는 당신
푸른 오름 너머 붉은 오름 너머
사람들도 마소들도 함께
이어도 가랴 이어도 가랴
백록담에서 일출봉 건너 수평선 너머까지
달마다 철마다
무지개 아롱아롱 매달아 놓는 당신

# 제주도 4

어느 날
섬 노래가 멈추었다

빗물로 눈물 씻어내며 지켜온
태왁의 꿈
거친 물살 헤치며 보듬어 온
떼배의 오롯한 소망
이어도사나

거대한 철선들이 함부로
바다를 갈라 꺼내든
검은 바위 하나를 이어도라며
허튼 이름 멋대로 박아 놓은
섬의 발 아래 남녘 너븐여에
파도 울음 높던 날이었다

그러나 섬은
꿈보다 더 멀리
전설보다 더 깊이
푸른 노랫소리 보내오고 있었다
이어도, 이어도사나

# 제주도 5

들밭 오름 세차게 후려치는 뭍바람
막아선 돌담의 몸은 예부터 파랬다
호시탐탐 고깃배 삼키려는 파도 높아
정낭* 타며 물질 어멍 기다리는 밤이면
올레에 총총한 별빛마저 파랬다
수평선만 바라보던 외돌괴 한숨도 파랬다

타는 볕 견디며 돌멩이들은 까맣게 눈감고
휩쓰는 큰물에 버티며 흙은 까맣게 누웠다
처마 밑 아이들은 저희끼리 까만 똥을 쌌다
흰 구름 건들대는 한낮에도 섬은 온통 까맸다

무명수건 동여매고 태왁에 캐어 담는 섬
동자복 서자복* 손잡아 은하가 내려 덮는 섬
삼신할망 돌하르방 달빛 되어 감싸 안는 섬
폭풍에도 까딱 않는 등대들이 지켜주는 섬
섬은 밤마다 바다 깊이 뿌리 뻗어
새벽이면 백록의 하얀 심장 열고 있었다



* **정낭** (제주도말) 거릿길에서 집으로 들어오는 길목에 대문 대신 가로 걸쳐놓은 굵직한 나무.
* **동자복, 서자복** 제주시 민속자료 제1호로 지정된 복신미륵 불상.

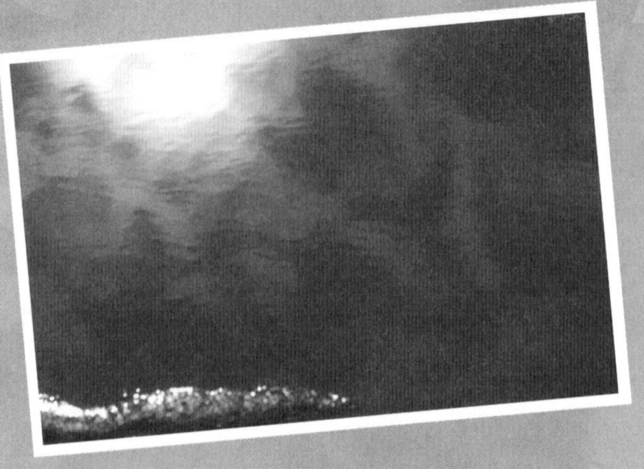

# 제 4 부

# 은하사에서 헤엄치다

# 두물머리 봄

풍악산 깊은 골 따라
모이고 모여
겨우내 얼음장 밑을
쉼 없이 흘러내려
봉긋한 능선 줄기
꽃향내에 휘감기며
북강은
산자락에 다소곳이 안겨 있네

검룡소 솟은 샘이
상록수 길을 이뤄
바람 찬 들판을
헤치며 돌아올라
아리수 이마 위로
따스한 손길 내밀며
남강은
산기슭에 부끄러이 기대어 있네

# 종여울 달무리

별빛 만나면
물살도 거친 숨 고르는
종여울* 오붓한 들녘
번잡한 세밑 발끝을 에는
겨울 별밭에 서성이다
저만치 강둑으로 오르는
한아름 달무리에 뛰어가 안겼다
정수리부터 내리는 차가운 강물로
일상의 묵은 때 정갈히도 씻어주고
유년의 꿈처럼 피어나는
둥근 무지개
종여울의 밤하늘 환히
새벽 맞이 장명등을 켜고 있었다

—
*종여울 광주시 남종면 검천2리.

# 미황사[*] 종소리

해거름 고갯길을
바다 건넌 금인(金人)처럼
고즈넉한 발길로 달마산 넘어
어느 때 수미산까지 오르려나
새벽별 스러질 어둠 끝에서도
사바 깨우는 울림 그대로
어느 날에야 다도해 건너
칠해까지 닿으려나
사계 흘러 다시 올 속삭임
함박눈 되어 산마루 껴안으면
그제야 붉은 동백으로 피려나
한바탕 파도를 만나면
그 아름다운 소의 울음소리 들은 듯
휘청거리는 육신일랑 잊어버리고
떠나는 낙조 품에 안기면
초석 뒤에 숨던 수줍음도 털어버리고
오로지 바람 공양으로
고해에 부유하고 있으려무나



*미황사(美黃寺) 전남 해남군 송지면 서정리 달마산 중턱에 있는 절.

# 꽃잎 녹차
– '녹우당' 툇마루에서

녹차에 떠 있는
야생화 흰 꽃잎
어인 업보 날아와
스치는 눈길 닿았기에
하늘 아래 떠돌아
물 위를 흐르다
하얀 손에 담기어
구름 찻잔에 다소곳이
남녘 부푼 들 맛
정토 내린 노을 맛
입 안 가득 번지는
임의 향기여
아,
가슴 따라 미어지며
꽃잎 타고 떠가네
햇빛 눈물인 듯
그리움 보석인 듯

꽃잎 타고 떠가네

햇빛 눈불인 듯

그리움 보석인 듯

아 ,
가슴 따라 미어지며
꽃잎 타고 떠가네
햇빛 눈불인 듯
그리움 보석인 듯

# 은하사<sup>*</sup>에서 헤엄치다

한겨울 은하는
바다 위에 떠 있다
인도 아유타 나라 물빛 터번을 두르고
푸른 물고기들 떼 지어 오르는
신어산<sup>神魚山</sup> 등성이 따라
미소 열린 목어도 제 물 만난 듯
눈부신 비늘이 속세를 헤친다
수많은 발들이 경내에 잠겨든다
저 아래 홍진의 밤
붉은 땅 위를 허우적대던
나도 어느 새 어룡이 되어
그리운 남국을 꿈꾼다
아유타 허 황후의 비단에 휘감겨
흰 코끼리 춤추는 서역을 향하여
헤엄치기 시작한다
신화가 돛을 펴 올린다

 **은하사(銀河寺)** 경남 김해시 삼방동 신어산에 있는 절.

# 땅끝마을

갈두산 바람들이
흑백일도 햇살들이
멀리에서 온
지친 나그네
업고 안고
서로서로 어깨 기대어
시 한 구절 속삭이며
노래 소절 흥얼거리며
가득 찼던 마음
훤히 비게 하는
땅끝은
삶의 고운 모롱이

갈두산 바람들이
흑백일도 햇살들이
멀리에서 온

# 명왕성*의 꿈

아폴론의 아홉 째 눈
가고픈 목성은 머나멀고
토성처럼 빛나는 보석도 없이
궤도의 모퉁이 홀로 떠도는 나그네

왕이라 불러주다가
크기 오백 분의 일
타원형으로 기울었다며
태양 나라 떠나라지만
그래도 난 여전히 내 자리
제멋대로 붙은 이름 떼어가든 말든
나만의 생김새 나만의 춤으로
나의 시공을 휘감아 돈다

훗날 다비의 불꽃처럼
초신성 빛줄기로 온몸 터지며
티끌까지 남김없이 타오를
나는 오롯한 우주의 별

---

*명왕성(冥王星, Pluto) 1930년 발견 이후 태양계 9번째 행성으로서 명왕성으로
불렸으나, 2006년 국제천문연맹으로부터 행성 지위를
박탈당함.

# 카이퍼 띠의 노래

오십억 년의 한

이젠 포세이돈의 품을 떠나리

언저리라도 마지막 행성이고 싶던

떠돌이 노래 멈추고

아폴론의 눈빛 머금기 위해

얼음의 팔 깎아내어

한 점 화살로 날아올라

태양 붉은 동맥에 꽂히면

지친 날개 가벼이 접어 버리고

눈부신 꽃잎, 하염없는 눈꽃 되어

사람 사는 땅

검은 들녘에 녹아 내리리

푸른 별 적시는 물결로 되살아

말없는 강으로 영원히 흐르리

# 숲에서는

젖은 날이나
마른 날이나
이파리 사이 햇빛 한 올
가지 사이 바람 한 줄
뿌리 틈새 물 한 모금
누구나 시샘 없이
제 몫만큼만 가져가고

어른 나무, 어린 나무
휘어진 나무, 곧은 나무
작은 키 나무, 큰 키 나무
벼랑 위 나무, 골짜기 나무
양지 쪽 나무, 그늘 뒤 나무
모두가 가름 없이
서로의 뿌리를 겯고

# 이월의 산

양지쪽엔 시방
만삭의 몸 풀어내는
황토의 숨소리 가쁘고
산허리 주름진 그늘마다
겨우내 푸른 잉태 지켜온
깐깐한 잔설 아직 단단한데
기지개 켜는 바위 틈틈이
녹아 흐르는 양수에 남몰래 적시며
하늘가 구름송이 피어나듯
땅의 아랫배
살포시 부풀어 오른다
노랑 배냇저고리
분홍 깃저고리
형형색색 온 누리 뒤덮을
여린 목숨의 화려한 씻김을 위해
이월의 산은 활활
봄 아궁이를 지피고 있다.

# 명자나무 타령

잔설 부스러기로 남은 겨울, 두어 포기 양지 바람에도 봄인가 소스라치며 붉은 가슴패기 그토록 쓸어내리면 됐지, 그렇게나 그리워하는 김에 한 사나흘만 더 꽃바람에 실어 한숨을 흩뿌리든지, 남녘 스쳐오는 미풍에 여린 옷소매라도 매달려 구름 너머 가든지, 아지랑이 치마폭에 숨어 기다리든지, 서슬 푸른 세월바람 된바람 아직 거친 울타리 맴도는데, 꿈 피는 오월이 바로 저 너머일 텐데, 명자야, 촌닭 같은 이름에 배추꽃 무꽃 냄새 끈끈이 묻어나는 새악시 옷고름아, 빛바랜 연분홍 치마랑 꽃바람에 흩날리는 연록 저고리가 그리도 애처로이 입고 싶어 눈치 빠른 백목련 먼저 뛰어가 유혹하는 동구 밖 하염없이 바라보며 쓸쓸한 웃음 그래서 머금는구나, 밤이면 남몰래 달빛이나 불러 다소곳이 옆에 앉아 장미를 닮고 싶어라 봄바람한테 스리슬쩍 귀엣말로 속살거림은 무슨 청승이더냐, 그래서 오는 임이라고 별거라더냐, 추억 속 네 박자 사랑 타령이나 봄 바닥에 퍼질러 앉아 밤새도록 읊어 보자꾸나, 속절없이 가실 임 어차피 아니더냐

# 남강의 여름

반도 산하의 넉넉함을 전하는
한여름 땡볕이
강 얼굴 환히 밝히고 있다

엊그제만도 한 맺혀 굽이치던
논개의 넋은
이젠 눈물바람으로 불지 않는다
들녘 채워가는 풀잎들처럼
언덕 덮는 땀빛 알갱이들처럼
대지가 달구어질수록
더 당차게 견디며 익어가는
이 땅의 청사青史

그이를 닮은
소녀들이 아낙들이
강가마다 둔덕마다
들꽃으로 하얗게 피어올라
강강술래 나부끼고 있다

봄엔 그님의 숨결을 마셔요
진달래 연분홍 꽃잎 사이 한들대며
산유화로 퍼져가는
풋풋한 향내에 젖어들며

# 소월길 연가

봄엔 그님의 숨결을 마셔요
진달래 연분홍 꽃잎 사이 한들대며
산유화로 퍼져가는
풋풋한 향내에 젖어들며

여름엔 그님의 음성을 엿들어요
목면 푸른 오솔길 보듬으며
개여울로 흘러드는
애타는 가락에 휘감기며

가을엔 그님의 언어를 매만져요
은행잎 놀빛 폭포 아래 잠기며
밤마다 못 잊어 빚어내던
숨 막히는 겨레말에 눈 감으며

겨울엔 그님의 이름을 붙안아요
산 아래 흰 세상 고요히 감싸며
초혼의 메아리로 살아오는
그대, 부르다 죽을 그리움으로

# 항구 시나위

가쁘게 뭍길 달려 온 바퀴는
바다 향해 뜨거운 이마를 들고
두근대며 물길 헤쳐 온 돛은
언덕 향해 젖은 허리 휘청대고 있다

흙을 떠나면 바람 되어 날으리
망망 해원의 원초를 꿈꾸는
저 달아오른 지상의 눈빛들
물결 끝자락엔 풀잎 되어 앉으리
뒤란의 고요한 등불을 꿈꾸는
저 울렁이는 물결 위 깃발들

수평선 넘보는 설렘과
산자락 엿보는 소망이
서로 건널 수 없는 경계에 서성이고
이리저리 흔들리는 빗줄기도
잿빛 방파제 위를 망설이는데

선술집 알싸한 유행가에
등대 치맛자락 휘감아 도는
거나해진 파도를 타고 오르며
항구는 제멋에 겨워
뭍인 듯 물인 듯
늦저녁 내내 들썩거리고 있다

# 나는 행인



고작

바짓가랑이 젖을 걱정에

선뜻 무릎 꿇지 못하고

마당의 시비 앞에서 엉거주춤

당신의 노래 읊조리다 마는

국어선생의 모국어가 어설프기만 한데

세찬 진눈깨비에도

옛 강의 침묵처럼 자태 흐트러짐 없이

갓 엮은 이엉지붕 위로 달리며

겨울바람은

그 시절이 바로 어제인 듯

저 들판 지금도 후려치는

당신의 댓잎소리 고스란히 전합니다

제대로 떠나는 일이

왜 그리 두려운지

처마 아래 동동거리며

이별을 망설이는

나는 행인입니다

# 퇴계 종택에서

매화 향 깊은 마을
퇴계 종손이 지키는
종택 앞마당


청화연적에서 막 건져 올려
승천하는 용처럼 꿈틀대는
이근필* 옹의 육필에선
오백 년 선비의 서릿발이 튄다


언 손 녹이시는 일필휘지
춘택*春澤 위로 번져가며
미운 땅 고운 땅 가리지 마라
눈 녹이고
잎 틔우고
꽃 피우는 봄의 얼이 대차다


대숲 사이 하얗게 어리며
어른 뒤엔 언제 오셨는지
찬바람 속에서도
넉넉하게 웃고 서 계신
퇴계 선생님


*이근필(李根必) 퇴계 이황의 16대 손. 안동의 종택을 지키고 있었음(2004년 1월).
*춘택(春澤) 이근필 옹이 손수 써 주신 글귀.

# 백련사* 동백

싸락눈 쏟아지는 밤마다
놀빛 입술로 부른 노래
바다를 사랑해요
건널 수 없는 백 년 설움이
옹이마다 뭉쳤는가
가슴패기 한 움큼 베어내도 끝없이
터지고 아물다가
아물어 터지다가
마침내 붉은 제 모가지를
스스로 툭툭 떨어뜨려
흙 속에 묻어 밟아도
차오르는 그리움 어쩔 수 없어
생살 뚫고 타오르는
번뇌의 용틀임이여



*백련사(白蓮寺) 전남 강진군 도암면 만덕리 만덕산에 있는 절.

# 겨울 산사에서

성긴 숲 속 포장도로 끝에
태산 같은 부처상
금 비단 두르고 가부좌 틀고 있다
오솔길 품어 쓰다듬던
옛 절의 손길 어디 숨었는지
팔상전 쌍사자석등 모두
중생 마음을 떠난 지 오래
그림자도 허전해 발길 돌리면
볼살 두터운 보살은
금부처 곁에서 시주하라 보채는데
목어와 입 맞추던
산새 소리도 들리지 않고
먼지 낀 녹음기의 독경 소리만
바람 뒤엔 듯 구름 속엔 듯
세속의 언저리에 떠다니는
커다란 겨울 산사<sup>山寺</sup>

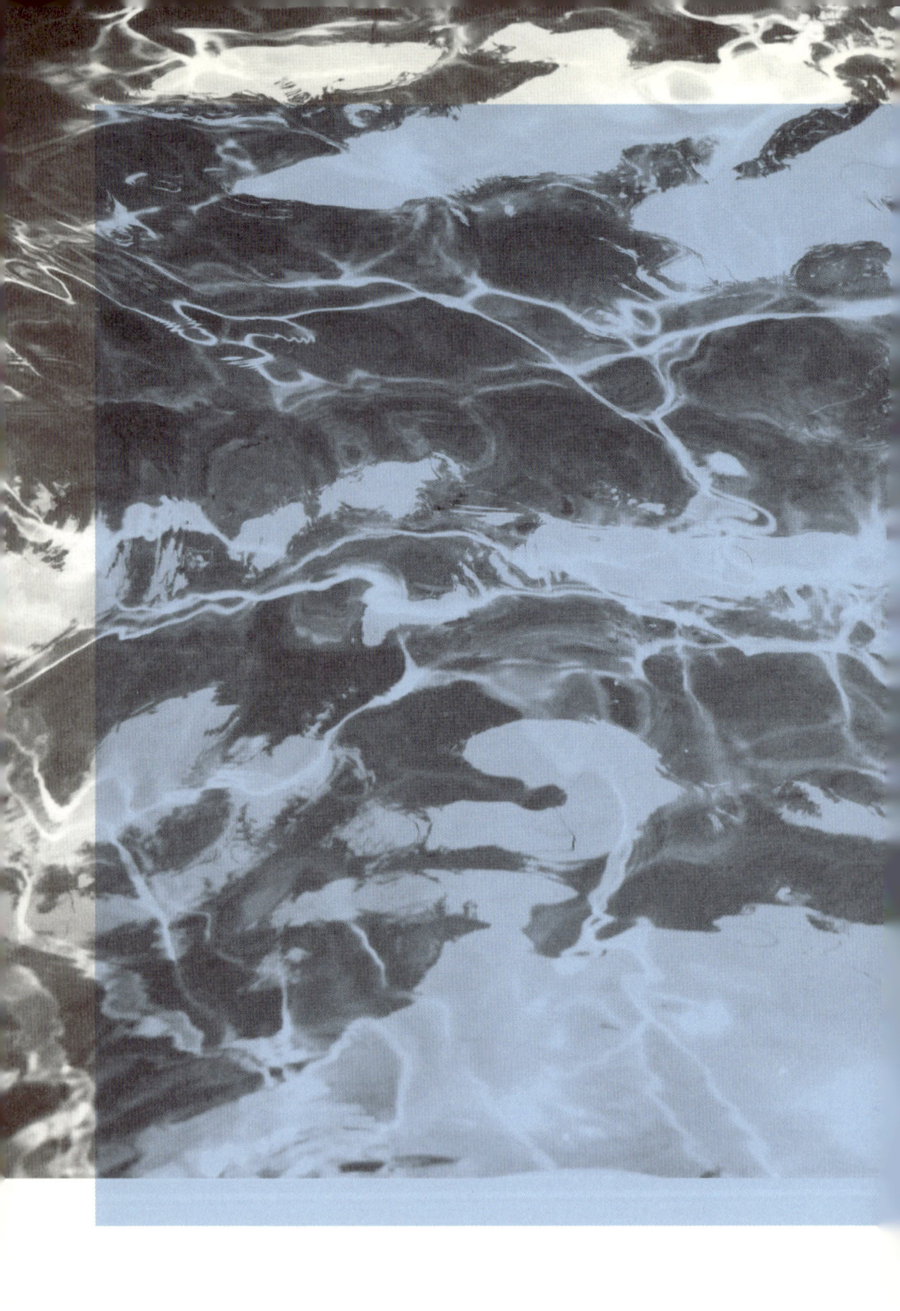

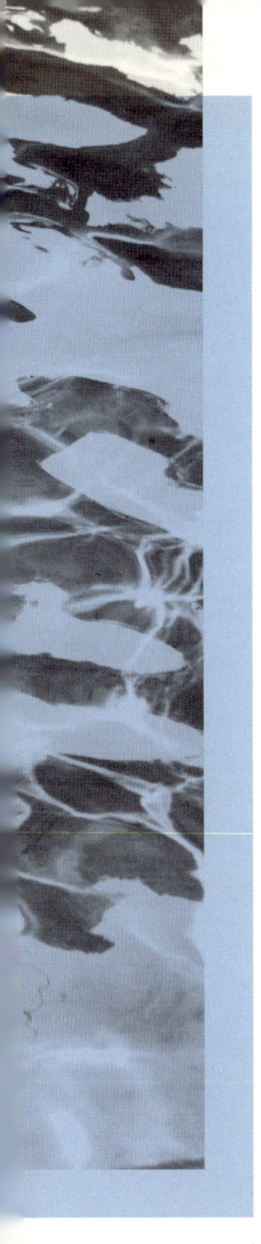

마침내 붉은 제 모가지를
스스로 툭툭 떨어뜨려
흙 속에 묻어 밟아도
차오르는 그리움 어쩔 수 없어
생살 뚫고 타오르는
번뇌의 용틀임이여

# 38휴게소를 지나며

두 갈래로 하늘 가르던 해
서산 너머 잠긴 후에도
마주 선 수평선은 여전히
그날처럼 붉게 타오르고
바위를 때리던 큰 파도
먼 바다로 물러간 후에도
마주 선 구름은 여전히
그날처럼 서슬을 세우고 있는데
지독히도 고집스런
이 땅과 저 땅 사이
허리 휘도록 금 긋다 지친
늙은 철조망 가시에
녹슨 세월만 하염없이 긁히며
힘겹게 떨어지고 있다

# 가을 장미

초록 융단도
들뜬 햇살도
구름 소매에 숨어들어
스러져가는 뜰 안
금잔디 위에 오도카니
때늦은 봄인 듯
낙엽의 발걸음 붙드는
연홍빛 얼굴
다소곳이 숙이고 있다
갈바람 옷섶에 얹혀
이파리의 시절은 바야흐로
떠나는 길목인데

# 꽃과 새

본다

새가 본다

새가 꽃을 본다

새가 진달래꽃을 본다

새가 능선의 진달래꽃을 본다

새가 비봉 능선의 진달래꽃을 본다

새가 북한산 비봉 능선의 진달래꽃을 본다

새가 5월 북한산 비봉 능선의 진달래꽃을 본다

5월 북한산 비봉 능선의 진달래꽃이 새를 본다

북한산 비봉 능선의 진달래꽃이 새를 본다

비봉 능선의 진달래꽃이 새를 본다

능선의 진달래꽃이 새를 본다

진달래꽃이 새를 본다

꽃이 새를 본다

새를 본다

본다